DIÁRIO DOS MOEDEIROS FALSOS

ANDRÉ GIDE DIÁRIO DOS MOEDEIROS FALSOS

TRADUÇÃO
MÁRIO LARANJEIRA

Estação Liberdade

Título original: *Journal des Faux-monnayeurs*

Preparação e revisão	Joana Canêdo e Leandro Rodrigues
Composição	B.D. Miranda
Capa	Estação Liberdade
Imagem da capa	André Gide (1948). Akg-Images/LatinStock
Editores	Angel Bojadsen e Edilberto F. Verza

CIP-BRASIL. CATALOGAÇÃO-NA-FONTE
Sindicato Nacional dos Editores de Livros, RJ.

G385d
Gide, André, 1869-1951
Diário dos Moedeiros falsos / André Gide ; tradução Mário Laranjeira. – São Paulo : Estação Liberdade, 2009.

Tradução de: Journal des Faux-monnayeurs
ISBN 978-85-7448-161-6

1. Gide, André, 1869-1951. Os moedeiros falsos. I. Laranjeira, Mário. II. Título.

09-3558. CDD: 843
CDU: 821.133.1-3

Editora Estação Liberdade Ltda.
Rua Dona Elisa, 116 | 01155-030 | São Paulo-SP
Tel.: (11) 3661 2881 | Fax: (11) 3825 4239
www.estacaoliberdade.com.br

Foi em Paris, a 22 de novembro de 1869, que nasceu André Gide, na rua Médicis nº 19, não longe da faculdade de direito onde seu pai, Paul Gide, ia ocupar a cadeira de direito romano.

O grande escritor tinha ascendência meio normanda meio meridional.

Foi em 1891 que publicou, sem nome de autor, *Les Cahiers de André Walter, œuvre posthume* [*Os cadernos de André Walter, obra póstuma*]. Aliás, ele mandou destruí-los alguns dias depois. No mesmo ano, mandou editar *Le Traité du Narcisse* [*O tratado de Narciso*]; depois, em 1892, as *Poésies d'André Walter* [*Poesias de André Walter*]. *La Tentative amoureuse* [*A tentativa amorosa*], em 1893, chamou a atenção dos letrados para as obras repletas de ironia sutil desse jovem escritor.

Por essa época, André Gide começou as numerosas viagens que, ao longo de toda a sua vida, o levariam sucessivamente à África do Norte, à África Central e à

Itália, país latino pelo qual teve imensa afeição; à então União Soviética também... É notória a retumbante publicação de *Retour de l'U.R.S.S.* [*Retorno da U.R.S.S.*], que marca sua ruptura com o partido comunista.

Em 1893, André Gide publicava *Le Voyage d'Urien* [*A viagem de Urien*], depois *Paludes*, em 1895. *Les Nourritures terrestres* [*Os frutos da terra*] são de 1897, enquanto *Le Prométhée mal enchaîné* [*O Prometeu mal acorrentado*], conto psicológico, é de 1899. André Gide abriu o século com suas *Lettres à Angèle* [*Cartas a Angèle*]. Dois anos mais tarde era publicado *L'Immoraliste* [*O imoralista*], que levou seus críticos a dizer que André Gide era, na literatura contemporânea, um dos mais ricos terrenos de contradições e discussões que seria possível encontrar.

A 1º de fevereiro de 1909, saiu o primeiro número de *La Nouvelle Revue Française*. Nessa edição aparecem algumas páginas de *La Porte étroite* [*A porta estreita*] que Gide havia retomado da *Revue de Paris* com a intenção de ajudar o jovem movimento nascente de que participavam Jean Schlumberger, Jacques Copeau, André Ruyters.

Também em 1909, André Gide publicou *Le Retour de l'enfant prodigue* [*A volta do filho pródigo*], e suas obras se sucederam em seguida, quase a cada ano: *Isabelle* surge em 1911, *Nouveau prétextes* [*Novos pretextos]* alguns meses mais tarde, *Souvenirs de la cour d'assises* [*Lembranças da Vara Criminal*], em 1913, *La Symphonie pastorale* [*A sinfonia pastoral*] em 1919, *Si le grain ne meurt* [*Se o grão não morre*], em 1921, *Souvenirs, Confessions* e *Corydon* [*Lembranças, Confissões* e *Corydon*], de 1911 a 1924, *Incidences* [*Incidências*], em 1924, *Les Faux-Monnayeurs* [*Os moedeiros falsos*], em 1925, *Voyage au Congo* [*Viagem ao Congo*], em 1928, *Retour au Tchad* [*Volta ao Tchad*] e *L'École des femmes* [*A escola das mulheres*] em 1929.

Sabe-se que André Gide dedicou também várias obras ao teatro, destacadamente *Saül, Le Roi Candaule* e *Œdipe* [*Saul, O rei Candaule* e *Édipo*]...

Seus estudos sobre Dostoiévski, Oscar Wilde e suas traduções de Shakespeare, Conrad, Whitman, Tagore e Blake figuram entre as melhores jamais feitas desses autores.

André Gide, finalmente, exprimiu-se nessa obra capital que é seu *Diário*. Recebeu o prêmio Nobel em 1947, e viria a falecer a 19 de fevereiro de 1951, em seu domicílio da rua Vaneau.

Sumário

Ofereço estes cadernos de exercícios

e estudos ao meu amigo

JACQUES DE LACRETELLE

e àqueles a quem

as questões do ofício interessam.

PRIMEIRO CADERNO

17 de junho de 1919

Hesito há dois dias se farei Lafcadio contar o meu romance. Seria uma narrativa de acontecimentos que ele descobriria pouco a pouco e dos quais tomaria parte como curioso, como ocioso e como perversor. Não estou certo de que isso reduziria o alcance do livro; mas me impediria de abordar certos assuntos, de entrar em certos meios, de mover certas personagens... Também seria uma loucura, sem dúvida, agrupar num só romance tudo o que a vida me ensina e me apresenta. Por mais denso que eu pretenda esse livro, não posso incluir tudo nele. E é no entanto esse desejo que ainda me embaraça. Sou como um músico que procura justapor e imbricar, à maneira de César Franck, um motivo de andante e um motivo de alegro.

Acredito que haja matéria para dois livros e estou começando este caderno para tentar deslindar os elementos de tonalidades demasiado diferentes.

O romance das duas irmãs. A primogênita que se casa, contra a vontade dos pais (ela faz-se raptar), com um ser vão, sem valor, mas com bastante verniz para seduzir a família depois de ter seduzido a moça. Esta, entretanto, enquanto a família lhe dá razão e se desculpa, reconhecendo no genro um monte de virtudes das quais ele só possui a aparência, descobre pouco a pouco a mediocridade intrínseca desse ser a quem ligou sua vida. Ela esconde aos olhos de todos o desprezo e o nojo que sente, empenha-se e tem como questão de honra fazer brilhar o marido, encobrir suas insuficiências, consertar suas trapalhadas, de modo que ela é a única a conhecer em que vazio repousa sua "felicidade". Por toda parte cita-se o casal como um casal modelo e, no dia em que, extenuada, ela decidir separar-se desse fantoche, viver à parte, toda gente lhe imputará a falta de razão. (A questão dos filhos a ser estudada à parte.)

Anotei noutro lugar (caderno cinza) o caso do sedutor — que acaba por ficar cativo do ato que resolveu realizar, e de que esgotou antecipadamente e em imaginação todo o atrativo.

Não é necessário que haja duas irmãs. Não é bom *opor* uma personagem a outra, ou estabelecer simetrias (deploráveis procedimentos dos românticos).

Nunca expor ideias senão em função dos temperamentos e dos caracteres. Seria preciso, aliás, exprimir isso por uma de minhas personagens (o romancista). — "Persuada-se de que as opiniões não existem fora dos indivíduos. O que há de irritante na maior parte deles é que essas opiniões de que fazem profissão eles acreditam que sejam livremente aceitas, ou escolhidas, ao passo que elas lhes são tão fatais, tão prescritas quanto a cor de seus cabelos ou o odor de seu hálito..."

Expor a razão pela qual, diante dos jovens, as pessoas da geração que os precedeu parecem a tal ponto assentadas, resignadas, sensatas, a ponto de nos perguntarmos se, no tempo de sua própria juventude, foram algum dia atormentadas pelas mesmas aspirações, pelas mesmas febres, se nutriram as mesmas ambições, esconderam os mesmos desejos.

Reprovação daqueles que "se alinham" contra aquele que permanece fiel à sua juventude *e não desiste*. Parece que é este que está errado.

Inscrevo numa folha à parte os primeiros e disformes lineamentos da intriga (de uma das intrigas possíveis).

As personagens permanecem inexistentes enquanto não forem batizadas.

Sempre chega um momento, que precede bem de perto o da execução, em que o assunto parece despojar-se de todo atrativo, de todo encanto, de toda atmosfera; ele até se esvazia de toda significação, ao ponto que, desapaixonados dele, amaldiçoamos essa espécie de pacto secreto ao qual estamos presos, e que faz com que não mais possamos, sem renegar, desdizer. Não importa! Gostaríamos de abandonar a partida...

Eu digo "nós", mas, afinal de contas, não sei se outros experimentam isso. Estado comparável, por certo, ao do catecúmeno que, nos últimos dias, e prestes a se aproximar da santa mesa, sente de repente a fé desfalecer e se apavora com o vazio e com a aridez de seu coração.

19 de junho

Por certo não é oportuno situar a ação deste livro *antes* da guerra, e incluir nele preocupações *históricas*; não posso ao mesmo tempo ser retrospectivo e atual. *Atual*, a bem dizer, não procuro ser e, deixando-me levar por mim mesmo, é antes *futuro* que eu seria.

"Uma pintura exata do estado dos espíritos antes da guerra" — não; ainda que eu pudesse realizá-la, não é essa minha tarefa; o futuro me interessa mais do que o passado, e mais ainda aquilo que não é nem de amanhã nem de ontem, mas que em qualquer tempo se possa dizer: hoje.

Cuverville, 20 de junho

Dia de torpor abominável, como, infelizmente, creio que nunca tive semelhantes senão aqui. Influência do tempo, do clima? Não sei; arrasto-me de uma ocupação a outra, incapaz de escrever a menor carta, de entender o que leio, ou até mesmo, ao piano, de fazer corretamente uma simples escala; incapaz até de dormir quando, por desespero e desejoso de me evadir, estendo-me na cama.

Em contrapartida, no momento de ir deitar-me, sinto que meu pensamento se reanima e, confuso por ter ocupado tão mal o meu dia, prolongo até a meia-noite a leitura de Browning: "Death in the desert", em que muitos pormenores me escapam, mas que põe em fermentação o meu cérebro como os mais capitosos vinhos.

I say man was made to grow, not stop;
That help, he needed once, and needs no more
Having grown but an inch by, is withdrawn,
Fort he hath new needs, and new helps to these

etc. V. 425

que copio para o uso de Lafcadio.

6 de julho de 1919

Trabalho cortado pela chegada de Copeau a Cuverville, de volta da América, e que vou buscar no Havre.

Li para ele o início ainda incerto do livro; tomei consciência bastante clara do partido que eu podia e devia tirar dessa forma nova.

O mais prudente é não se desolar demais com os tempos de interrupção. Eles arejam o assunto e o penetram de vida real.

Essa conversa de ordem geral com a qual eu desejaria abrir o livro, creio que posso encontrar algo melhor do que um café para lhe servir de cenário. A própria banalidade do lugar me tentou, mas é melhor não recorrer a nenhum cenário indiferente à ação. *Tudo o que não pode servir pesa*. E esta manhã, pergunto-me por que não o jardim do Luxembourg, e precisamente aquele lugar do jardim onde se faz o tráfico de falsas moedas de ouro, às costas de Lafcadio, e sem que ele desconfie, e enquanto ele ouve e anota essa conversa de ordem geral, e tão séria, mas que, ao mesmo tempo, o pequeno fato preciso vai reduzir à insignificância. Édouard, que o mandara lá para espiar, lhe dirá:

— Meu amigo, você não sabe observar; eis o que se passava de importante — e lhe mostrará uma caixa cheia de moedas falsas.

11 de julho

Furioso comigo mesmo por deixar tanto tempo passar sem proveito para o livro. Em vão tentava persuadir-me de que ele amadureceria. Eu deveria pensar mais nele, e não me deixar distrair pelos pequenos afazeres de cada dia. A verdade é que ele não deu um passo sequer desde Cuverville. No máximo, senti de maneira mais premente a necessidade de estabelecer uma relação contínua entre os elementos dispersos; gostaria, entretanto, de evitar o que uma "intriga" tem de artificial; mas seria preciso que os acontecimentos se agrupassem independentemente de Lafcadio e, por assim dizer, apesar dele. Espero demais da inspiração; ela deve ser o resultado da pesquisa; e consinto que a solução de um problema apareça numa iluminação súbita; mas isso apenas depois de se ter estudado longamente.

16 de julho

Voltei a pegar esta manhã alguns recortes de jornal atinentes ao caso dos moedeiros falsos. Lamento não ter conservado um maior número deles. Eles são do jornal de Rouen (set. 1906). Creio que é preciso partir daí sem procurar por mais tempo construir *a priori*.

Conservo isto, que colocaria de bom grado como epígrafe do primeiro capítulo:

"Como o juiz perguntasse a Fréchaut se ele tinha feito parte do "bando" do Luxembourg:

— Diga "o cenáculo", senhor juiz — replicou ele vivamente. — Era uma assembleia onde talvez nos tenhamos ocupado com moeda falsa, não digo que não, mas onde se tratava principalmente das questões de política e de literatura."

Trata-se de juntar isso ao caso dos moedeiros falsos anarquistas dos dias 7 e 8 de agosto de 1907, — e à sinistra história dos suicídios dos escolares de Clermont-Ferrand (5 de junho de 1909). Fundir isso numa só e mesma intriga.

25 de julho

O pastor, ao descobrir que seu filho, aos 26 anos, não é mais o casto adolescente que acreditava, exclama: "Prouvera aos céus que ele tivesse morrido na guerra! Prouvera a Deus que nunca tivesse nascido!"

Que juízo um homem de bem pode fazer sobre uma religião que coloca tais palavras na boca de um pai?

É por ódio contra essa religião, essa moral que oprimiu a sua juventude, por ódio contra esse rigorismo de que ele próprio nunca pôde se livrar, que Z trabalha para desregrar e perverter os filhos do pastor. Existe nisso rancor. Sentimentos forçados, simulados.

A sociedade dos moedeiros falsos (o "cenáculo") não admite senão *pessoas comprometidas*. É necessário que cada um dos membros traga como penhor algo com que se possa chantageá-lo.

Guardo a definição que Méral me deu da amizade: "Um amigo", dizia ele, "é alguém com quem se ficaria feliz de fazer uma falcatrua."

X (um dos filhos do pastor) é levado pelo corruptor a jogar. Tinha posto à parte, para fazer face aos gastos com o parto de M. (sua última ação caridosa), uma quantia bastante considerável e economizada com muito sacrifício (ou desviada do orçamento da família). Ele a perde; em seguida, alguns dias depois, volta a ganhar parte dela. Mas acontece o seguinte de particular: durante o tempo em que ele a considera perdida, conforma-se com essa perda, de modo que, quando volta a ganhá-la, essa quantia não lhe parece mais destinada a M. e só pensa em gastá-la.

É importante separar bem as épocas:

1º Um motivo nobre (ou caridoso) que ele apresenta para encobrir uma vilania. Ele bem sabe que a sua família precisa dessa quantia, mas não é por egoísmo que a desvia (o sofisma do bom motivo).

2º Quantia reconhecida como insuficiente. Esperança quimérica e necessidade urgente de aumentá-la.

3º Necessidade, depois da perda, de sentir-se "acima da adversidade".

4º Renúncia ao "bom motivo". Teoria da ação gratuita e *desmotivada*. A alegria imediata.

5º Embriaguez do ganhador. Ausência de reserva.

Dudelange, 26 de julho

Estou trabalhando na biblioteca da senhora M.; um dos mais finos laboratórios com que se possa sonhar; só o temor de atrapalhar o trabalho dela ainda retém um pouco minha satisfação estudiosa. A ideia de obter o que quer que seja às expensas de outrem me paralisa (e, de resto, talvez não haja melhor freio moral; mas persuado-me com dificuldade de que outra pessoa possa encontrar a mesma alegria que encontro em socorrer e ajudar).

A grande questão a ser estudada primeiro é esta: posso representar toda a ação de meu livro em função de Lafcadio? Não creio. E por certo o ponto de vista de Lafcadio é por demais especial para que seja desejável fazê-lo prevalecer sem cessar. Mas que outro meio de apresentar *o resto*? Talvez seja loucura querer evitar a qualquer preço a simples narrativa impessoal.

28 de julho

O dia de ontem, eu o passei convencendo-me de que não podia fazer passar tudo através de Lafcadio; mas eu queria encontrar intérpretes sucessivos: por exemplo, essas notas de Lafcadio ocupariam o primeiro livro; o segundo livro poderia ser o caderno de anotações de Édouard; o terceiro, um dossiê de advogado, etc...

Tento enrolar os fios diversos da intriga e a complexidade de meus pensamentos em torno desses pequenos carretéis vivos que são cada uma de minhas personagens.

30 de julho

Não posso pretender ser, a uma só vez, preciso e não situado. Se minha narrativa deixar em dúvida se alguém está antes ou depois da guerra, é porque terei sido abstrato demais.

Por exemplo, toda a história das moedas de ouro falsas não pode ser colocada senão antes da guerra, visto que, atualmente, as moedas de ouro estão banidas. Da mesma forma, os pensamentos, as preocupações não são mais os mesmos, e por desejar um interesse mais geral, corro o risco de perder pé.

Mais vale voltar à minha ideia primeira: o livro em duas partes: antes e depois. Haveria partido a se tirar disso: cada um encontrando na guerra argumento, e saindo da experiência um pouco mais aprofundado sobre o seu sentido. As três posições: socialista, nacionalista, cristã, cada uma instruída e fortificada pelo acontecimento. Tudo isso por culpa das meias medidas que deixam cada um dos partidos acreditar que, se o compromisso não tivesse sido estabelecido em seu detrimento, a partida teria sido melhor ganha e nada de desastroso teria acontecido.

Não é trazendo a solução de certos problemas que posso prestar um verdadeiro serviço ao leitor; mas sim forçando-o a refletir sobre esses problemas para os quais não admito que possa haver outra solução senão uma particular e pessoal.

É o vagabundo que Lafcadio encontra na estrada, ao voltar de Marselha, que deve servir de traço de união entre ele e Édouard. Seria completamente vão tentar escrever desde já o diálogo entre Lafcadio e o vagabundo, de quem não posso desenhar a figura antes de saber mais ou menos o papel que devo destinar-lhe na sequência.

1º de agosto

Às voltas com nuvens por horas a fio. Este esforço de projetar para fora uma criação interior, de objetivar o sujeito (antes de ter de sujeitar o objeto) é propriamente extenuante. E durante dias e dias não se distingue nada, e parece que o esforço permanece vão; o importante é não desistir. Navegar durante dias e dias sem nenhuma terra à vista. Será preciso, no próprio livro, usar essa imagem; a maioria dos artistas, eruditos, etc... são navegadores de cabotagem que acreditam estar perdidos logo que perdem de vista a terra. — Vertigem do espaço vazio.

5 de agosto

Eu estava tão exasperado pelas dificuldades de meu empreendimento — e, de verdade!, não via nada mais do que elas — que me desviei por algum tempo desse trabalho para voltar à redação das *Memórias*. Ou, pelo menos, eu trapaceio, me esgueiro, ando em ziguezagues, mas, sem querer, volto continuamente e creio que ele me parece mais difícil, tanto mais que pretendo aproximá-lo do tipo convencional de romance — e um bom número dessas pretensas dificuldades cairão no dia em que eu tomar deliberadamente o partido de sua estranheza. Por quê, desde o instante em que aceito que ele não será assimilável a nenhuma outra coisa (e assim me agrada), por que procurar tanto uma motivação, uma sequência, o agrupamento em torno de uma intriga central? Não posso encontrar o meio, com a forma que adoto, de fazer indiretamente a crítica de tudo isso:

Lafcadio, por exemplo, tentaria em vão amarrar fios; haveria personagens inúteis, gestos ineficazes, falas inoperantes, e a ação não empolgaria.

Dudelange, 16 de agosto

Em Stendhal, nunca uma frase chama a seguinte, nem nasce da precedente. Cada uma se mantém perpendicularmente ao fato ou à ideia. — Suarès fala admiravelmente de Stendhal; melhor impossível.

9 de setembro

Um mês sem escrever nada neste caderno. Arejamento. Qualquer coisa é melhor do que o perfume livresco.

Livro I. — "Os sutis."
Livro II. — "O vinho novo e os vasos velhos."
Livro III. — "O depositário infiel."

De todos os instrumentos de que jamais alguém se serviu para desenhar ou para escrever, é o de Stendhal que traça a linha mais fina.

21 de novembro de 1920

Fiquei vários meses sem nada escrever neste caderno; mas quase não parei de pensar no romance, ainda que minha preocupação mais imediata fosse a redação de *Si le grain ne meurt* [*Se o grão não morre*], do qual escrevi, neste verão, um dos mais importantes capítulos (viagem à Argélia com Paul). Fui levado, enquanto escrevia, a pensar que a intimidade, a penetração, a investigação psicológica pode, sob alguns aspectos, ser levada mais adiante no "romance" até do que nas "confissões". Às vezes ficamos tolhidos nestas pelo "eu"; há certas perplexidades que não conseguimos tentar deslindar, expor, sem aparentar complacência. Tudo o que vejo, tudo o que fico sabendo, tudo o que me advém há alguns meses, gostaria de fazer entrar no romance, e usar para o enriquecimento de seu buquê. Gostaria que os acontecimentos nunca fossem contados diretamente pelo autor, mas de preferência expostos (e várias vezes, sob ângulos diversos) por aqueles dos atores sobre quem esses acontecimentos tiverem tido alguma influência. Gostaria que, na narrativa que os atores fizerem, tais acontecimentos apareçam ligeiramente deformados; uma espécie de interesse vem, para o leitor, do simples fato de que ele tem de *restabelecer*. A história requer sua colaboração para bem delinear-se.

Assim, toda a história dos moedeiros falsos só deve ser descoberta pouco a pouco, através das conversas nas quais, ao mesmo tempo, todos os caracteres se desenham.

Cuverville, 1º de janeiro de 1921

Análoga à de Bennett, admiro infinitamente a assiduidade de Martin du Gard. Mas não estou certo de que esse sistema de notas e fichas que ele preconiza me fosse de grande valia; a própria precisão da lembrança assim anotada atrapalha o sistema, ou pelo menos me perturbaria. Sou pelo paradoxo de Wilde: a natureza imita a arte; e a regra do artista deve ser não limitar-se às propostas da natureza, mas não lhe propor nada que ela não possa, que ela não deva logo imitar.

2 de janeiro

O tratado da não existência do diabo. Quanto mais o negamos, mais lhe damos realidade. O diabo se afirma em nossa negação.

Escrevi ontem algumas páginas de diálogo* sobre esse assunto — que bem poderia se tornar o tema central do livro, quer dizer, o ponto invisível em torno do qual tudo gravitaria...

Êxito no pior, e deterioração das qualidades mais excelentes.

Eu censuraria a Martin du Gard o andamento discursivo de sua narrativa; passeando assim ao longo de anos, sua lanterna de romancista enfoca sempre de frente os eventos que ele considera, cada um destes vem, em sua vez, ao primeiro plano; suas linhas nunca se cruzam e, assim como não há sombra, não há perspectiva. É o que já me incomoda em Tolstói**. Eles pintam panoramas; a arte é fazer um quadro. Estudar *primeiro* o ponto de onde deve afluir a luz; todas as

---

* Ver apêndice.

** Dickens e Dostoiévski são grandes mestres nisso. A luz que ilumina suas personagens quase nunca é difusa. Em Tolstói, as cenas mais bem vindas parecem cinzentas porque são igualmente iluminadas por todos os lados. Interesse sucessivo.

sombras dependem dele. Cada figura repousa e se apoia em sua sombra.

Admitir que uma personagem que se vai possa ser vista apenas de costas.

Eu preciso, para escrever bem este livro, persuadir-me de que é o único romance e o último livro que escreverei. Quero verter tudo nele sem reserva.

Se a "cristalização" de que fala Stendhal é súbita, é o lento trabalho contrário de *descristalização*, o patético; por estudar. Quando o tempo, a idade, retira do amor, um a um, todos os seus *pontos de apoio* e o força a se refugiar em não sei que adoração mística, altar onde se dependuram como ex-votos todas as recordações do passado: seu sorriso, sua voz, os atributos da beleza.

Ele chega a se perguntar o que ainda ama nela? O surpreendente é que ele ainda se sente amá-la *apaixonadamente* — entendo por isso: com um amor desesperado, pois ela não quer mais acreditar em seu amor, por causa de suas precedentes "infidelidades" (emprego propositalmente a palavra mais enganadora) de ordem puramente carnal. Mas, precisamente porque ele a amava fora de qualquer sensualidade (pelo menos da bestial), o seu amor permanece preservado de todas as causas de ruína.

Ele tem ciúme de Deus, que lhe rouba a mulher. Sente que não pode lutar; vencido de antemão; mas toma ódio por esse rival e por tudo aquilo que depende dEle. Como é pouca coisa essa pequeníssima felicidade humana que ele lhe propõe, em face da felicidade eterna.

13 de janeiro

Só devo anotar aqui as observações de ordem geral sobre o estabelecimento, a composição e a razão de ser do romance. É preciso que este caderno se torne de certa forma "o caderno de Édouard". De qualquer modo, anoto em fichas o que pode servir: materiais miúdos, réplicas, fragmentos de diálogos, e principalmente o que pode me ajudar a desenhar as personagens.

Eu quisera uma (o diabo) que circulasse incógnita através de todo o livro e cuja realidade se afirmasse tanto mais quanto menos se acreditasse nela. Isso é o próprio do diabo, cujo tema de introdução é: "Por que me temerias? Bem sabes que não existo."

Já incluí um trecho de diálogo que só tem por finalidade trazer e explicar essa importantíssima frase, uma das pedras angulares do livro. Mas o diálogo em si mesmo (tal como o anotei correndo) é muito ruim e deverá ser completamente refundido na obra, tomado na ação.

O grande erro dos diálogos do livro de X... é que suas personagens falam sempre para o leitor; o autor lhes confiou sua missão de explicar tudo. Tomar sempre cuidado para que uma personagem só fale para aquele a quem se dirige.

Existe um tipo de personagem que só consegue falar como se fosse para uma "plateia" imaginária (impossibilidade de ser sincero, mesmo no monólogo) — mas esse é um caso bem especial, e que só pode assumir todo seu relevo se os outros, ao contrário, permanecerem perfeitamente naturais.

Paris, 22 de abril de 1921

Enquanto espero as bagagens, à chegada do trem que me traz de Brignoles, tenho a brusca iluminação do início dos *Moedeiros falsos*. O encontro de Édouard com Lafcadio numa plataforma da estação e a primeira abordagem com a frase: "Aposto que está viajando sem passagem." (É com essa frase que abordarei o curioso vagabundo da estação de Tarascon de que falo em meu diário) — Tudo isso me parece bem medíocre; pelo menos muito inferior ao que entrevejo agora. (Segue o projeto da narrativa que aparece agora no livro.)

3 de maio

Para dizer a verdade, Édouard sente que Lafcadio, embora tenha entregue todas as cartas, permanece com vantagem sobre ele; sente que o meio mais elegante de o desarmar é ganhando suas boas graças — e Lafcadio, casual e delicadamente, o faz entender isso; mas logo essa intimidade forçada cede lugar a um sentimento verdadeiro. Definitivamente, Lafcadio é dos mais atraentes (ele ainda não sabe muito bem disso).

Ontem, antes de ir à casa de Charles Du Bos, que só me esperava à 1h30, e tendo saído da casa de Dent antes do meio-dia — como eu estava esperando diante da vitrine dos livreiros, surpreendi um garoto que furtava um livro. Aproveitou um instante em que o livreiro, ou pelo menos o vigia colocado em frente à loja, virou as costas; mas foi só depois de ter enfiado o livro no bolso que se deu conta do meu olhar e compreendeu que eu o observava. Logo o vi corar um pouco, depois procurar por qual mímica hesitante poderia explicar seu gesto: afastou-se alguns passos, pareceu hesitar, voltou, depois ostensivamente e *para mim*, tirou de um bolso interno do casaco uma pequena carteira desgastada, onde fingiu procurar o dinheiro que ele sabia muito bem não estar lá; fez, ainda para o meu uso, uma pequena careta que queria dizer: "Não tenho como!", meneou a cabeça, aproximou-se do vigilante vendedor e, o mais naturalmente que pôde, isto é, com muita lentidão — como um ator a quem se disse: "Você recita depressa demais" e que se esforça para "dar um tempo" — acabou por tirar o livro do bolso e por recolocá-lo em seu lugar de origem. Como sentisse que eu não parava de observá-lo, não se decidia a ir embora e continuava a fingir que se interessava pela vitrine. Creio que teria ficado ainda por muito tempo se eu não me tivesse afastado alguns passos, como faz no jogo de "quatro cantos" o caçador, para fazer com que a caça mude de árvore. Mas, mal ele se afastou, alcancei-o:

— Que livro era aquele? — perguntei-lhe, com todo o sorriso que pude.

— Um guia da Argélia. Mas custa caro demais.

— Quanto?

— Dois francos e cinquenta. Não sou rico o bastante.

— Se eu não tivesse olhado para você, você sairia com o livro no bolso, hein?

O garoto protestou energicamente. "Nunca tinha roubado nada, não tinha vontade de começar, etc..." Tirei do bolso uma nota de dois francos:

— Tome, pegue. Mas agora vá comprar o livro.

Dois minutos mais tarde, ele saía da loja folheando o livro que acabara de pagar: um velho *Joanne* encadernado em azul, de 1871.

— É velho à beça. Não lhe servirá.

— Oh! Sim; tem os mapas. A mim, o que mais me diverte é a geografia.

Desconfio que aquele livro favorecia um instinto de andarilho; converso com ele por mais um instante. Tem quinze ou dezesseis anos; está vestido muito modestamente com uma blusa parda manchada e gasta. Carrega debaixo do braço uma pasta escolar. Fico sabendo que está no liceu Henrique IV, na classe de retórica. De aspecto pouco atraente; mas lamento tê-lo deixado tão depressa.

A anedota, se eu quisesse usá-la, seria, parece-me, muito mais interessante contada pelo próprio menino, o que permitiria por certo mais digressões e mais base.

Bruxelas, 16 de junho

Terminei em Paris o prefácio para *Armance*.

Nada mais me separa do romance, a não ser, talvez, o *Curieux Malavisé* [*Curioso desavisado*], de que retomei o argumento antes de minha partida, e que espero levar a termo neste verão; e o último capítulo de *Si le grain ne meurt*.

Z... contava-me a história de sua irmã. Esta, casada com o irmão de sua mulher. Este, de saúde muito delicada, é cuidado por ela, sensivelmente mais idoso. Ela trata dele tão bem que finalmente ele sara e parte com outra mulher, deixando a sua extenuada. O mais doloroso para esta é que ela fica logo sabendo que o marido tem um filho da outra mulher (como ele era delicado demais todo o tempo em que fora fiel, ela abdicara de qualquer esperança de um dia ser mãe).

E imagino o seguinte: as duas mulheres são irmãs; ele, casou-se com a primogênita (sensivelmente mais velha do que a outra), mas engravida a caçula. E a irmã mais velha não sossega enquanto não desviar a criança...

Esta tarde tudo isso me parecia luminoso; mas esta noite estou cansado, não vejo mais nada nisso que não seja chato; — e só anoto tudo por desencargo de consciência.

Cuverville, 9 de julho de 1921

Trata-se antes de tudo de estabelecer o campo de ação e de aplainar a área na qual edificar o livro.

Difícil exprimir bem isso por metáforas; melhor falar mais simplesmente de "lançar as bases".

1º Artísticas primeiro: o problema do livro será exposto por uma meditação de Édouard.

2º Intelectuais: o tema de dissertação do bacalaureato ("aflorar cada coisa — só pegar a flor").

3º Morais: a insubordinação da criança; recusa dos pais (que retomarão a esse respeito o sofisma da Inglaterra face ao Egito ou à Irlanda: se lhes deixássemos essa liberdade que reclamam, seriam os primeiros a se arrepender, etc.).

É até preciso examinar se não é por aí que o livro deve se abrir.

22 de julho

A anotar, as notabilíssimas observações de W. James sobre o hábito (em seu compêndio de psicologia que estou lendo neste momento).

"...Quando nos inflamamos por um ideal abstrato que desconhecemos em seguida nos casos concretos *onde ele se envolve com detalhes desagradáveis. Todo ideal neste mundo é mascarado pela vulgaridade das circunstâncias em que ele se realiza.*"

Cuverville, 25 de novembro de 1921

De volta aqui desde ontem à noite, depois de uma estada em Roma que me distraiu muito de meu trabalho, mas após a qual parece-me, entretanto, que vejo muito mais claramente o que desejo. Durante minha última estada em Cuverville, em outubro, eu já estabelecera os primeiros capítulos; tive, infelizmente, de interromper-me no momento em que a massa inerte começava a mover-se. Essa comparação não é muito boa. Prefiro a imagem da batedeira de manteiga. Sim; durante várias noites seguidas, bati (*to churn*) o tema em minha cabeça, sem obter o menor coágulo, mas sem perder a confiança de que os grumos acabariam por se formar. Estranha matéria líquida que, primeiro e por muito tempo, se recusa a tomar consistência, mas onde as partículas sólidas, à força de serem mexidas, agitadas em todos os sentidos, se aglomeram finalmente e se separam do soro. Agora, tenho a matéria, que preciso amassar e manejar. Se não soubesse de antemão, por experiência, que à força de bater e de agitar o caos cremoso veria renovar-se o milagre — quem não abandonaria a tarefa?

Cuverville, 7 de dezembro

Faz treze dias que estou aqui, escrevi as trinta primeiras páginas do meu livro sem dificuldade quase nenhuma e *currente calamo* — mas é verdade que, há muito tempo, eu já tinha tudo pronto na cabeça. Agora aqui estou, parado. Voltando a debruçar-me sobre o trabalho, parece-me que errei o caminho; o diálogo com Édouard, em particular (por mais perfeito que possa ser), leva o leitor, e a mim também, para uma região de onde não vou poder descer novamente para a vida. Ou então, seria preciso exatamente que eu fizesse pesar a ironia da narrativa sobre estas palavras: "Rumo à vida" — dando a entender e fazendo compreender que pode haver tanta vida na região do pensamento, e tanta angústia, paixão, sofrimento...

Necessidade de voltar sempre mais atrás para explicar qualquer acontecimento. O menor gesto exige uma motivação infinita.

Sempre me pergunto: semelhante esforço poderia ter sido obtido por outras causas? A cada vez devo reconhecer que não; que não era preciso menos do que tudo isso — e do que isso precisamente; e que não posso aqui mudar o menor número sem falsear logo o produto.

O problema, para mim, não é: *Como ter êxito?* — mas sim: como DURAR?

Já há muito tempo só pretendo ganhar meu processo em apelação. Só escrevo para ser *relido*.

SEGUNDO CADERNO

Colpach, agosto de 1921

Talvez a extrema dificuldade que sinto para fazer o livro progredir não seja senão o efeito natural de um vício inicial. Por instantes, persuado-me de que a própria ideia deste livro é absurda, e chego a não mais compreender tudo aquilo que quero. Não há, a bem dizer, um único centro neste livro em torno do qual meus esforços vêm convergir; é em torno de dois focos, à maneira das elipses, que esses esforços se polarizam. De um lado, o acontecimento, o fato, o dado exterior; de outro, o esforço do romancista para fazer um livro com isso. E é este o tema principal, o centro novo que descentra a narrativa e a arrasta para o imaginativo. Em suma, este caderno em que escrevo a própria história do livro, eu o vejo todo vertido no livro, formando o interesse principal, para maior irritação do leitor.

Os mais duvidosos desvios da carne deixaram-me a alma mais tranquila do que a menor incorreção de minha mente; e quando mais sinto minha consciência pouco à vontade é ao sair de um salão mundano, não do bor...

À medida que G. se afunda na devoção, perde o senso da verdade. Estado de mentira em que pode viver uma alma piedosa; um certo ofuscamento místico desvia seus olhares da realidade; ele não busca mais ver o que é; não pode mais vê-lo. E como Édouard diz a X. que G. parece ter perdido todo amor pela verdade, X. expõe a tese católica:

Não é à Verdade que é preciso amar, é a Deus. A verdade é apenas um dos atributos de Deus; assim como a Beleza, que tais artistas adoram com exclusividade. A adoração exclusiva de um dos atributos de Deus é uma das formas do paganismo, etc…

Os agrupamentos.

Os Argonautas. Eles se empenham pela "Pátria"; mas no seio desse grupo, todas as dissensões: *como* pode a França ser melhor servida?

Paralelamente, o agrupamento dos inimigos da sociedade. Associação para o crime. Os conservadores, em face destes, fazem figura de covarde. Trata-se de saber o que importa proteger; o que vale a pena…

Opinião própria, em suma, Valentin não tinha nenhuma. Ou, mais exatamente, tinha-as todas, e as experimentava alternadamente, feliz quando não o fazia ao mesmo tempo. Debruçava-se sobre uma discussão como sobre uma partida de xadrez, pronto para aconselhar um e outro dos adversários, preocupado apenas com o jogar bem, e em não favorecer injustamente, quer dizer, ilogicamente, ninguém.

O que se chama uma "mente falsa" (o outro erguia os ombros diante dessa expressão cristalizada e declarava que ela não tinha sentido algum) — pois bem!, eu vou lhe dizer: é aquele que sente a necessidade de se persuadir de que tem *razão* ao cometer todos os atos que tem vontade de cometer; aquele que põe a razão a serviço de seus instintos, de seus interesses ou, o que é pior, de seu temperamento. Enquanto Lucien só procura persuadir os outros, só existe meio mal; é o primeiro grau da hipocrisia. Mas você notou que, em Lucien, a hipocrisia torna-se dia a dia mais profunda. Ele é a primeira vítima de todas as falsas razões que dá; acaba por persuadir a si mesmo de que são essas falsas razões que o conduzem, ao passo que, na verdade, é ele quem as inclina e as conduz. O verdadeiro hipócrita é aquele que não percebe mais a mentira, aquele que mente com sinceridade.

M. diz de Lucien que ele é "todo penetrado por sua fachada".

Jude tinha essa falha de espírito, comum a tantos jovens, — e pela qual estes se tornam muitas vezes insuportáveis para os mais velhos — de exagerar ao louvar ou ao recriminar. O seu julgamento não admitia o Purgatório. Tudo aquilo que não lhe parecia "admirável", ele declarava "horrível".

Édouard podia muito bem ter encontrado no vagão essa extraordinária criatura, que nos fez abandonar nossos lugares reservados. Senti que estava acima de minhas forças passar a noite na mesma cabine que ela... Imagine um ser, de sexo e idade indecisos, de olhar ausente, de corpo flácido esteado por numerosas almofadas; em torno *disso* desvelavam-se duas mulheres de certa idade. A cabine fechada, superaquecida; atmosfera sufocante; cheiro de medicamentos, de doença... Fechei a porta imediatamente. Mas o vagão onde nos instalamos então, Marc e eu, só ia até Marselha. Chegando lá, foi preciso baldear e, no trem superlotado, a única cabine em que pudemos achar lugar era aquela onde nossos lugares ficaram guardados. A janela estava abaixada; respirava-se... e talvez, afinal, eu tivesse imaginado o mau cheiro.

Aquela moça, agora, me parecia quase bonita. O suor colava a suas têmporas os cabelos cortados à florentina; por instantes, ela sorria às duas mulheres que a acompanhavam — que deviam ser a mãe e a tia. A tia perguntava então:

— Como você está se sentindo? — mas a mãe logo gritava:

— Não fique lhe perguntando o tempo todo como ela está. Quanto menos ela pensar nisso, melhor será.

E às vezes a moça queria falar; mas logo seu rosto parecia cobrir-se de sombra e uma expressão de insuportável fadiga repuxava seus traços. Um pouco antes de chegar a Nice, as duas mulheres começaram os preparativos para sair e, quando o trem parou na estação, esforçaram-se por erguer o corpo inerte da companheira; mas esta começou a chorar; não a chorar exatamente, mas a gemer; foi uma espécie de lamentação superaguda, tão estranha que os vizinhos, surpreendidos, acorreram.

— Pois bem! É a canção que recomeça — exclamou a mãe. — Ora! Ora! Você sabe que não adianta nada chorar...

Ofereci-me para ajudar aquelas mulheres a levantar a doente, a levá-la até a porta; mas na extremidade do corredor, exatamente diante do lavatório, cuja porta ficara aberta, ela desabou literalmente, e tive grande dificuldade em segurá-la, encostando-me eu mesmo na divisória. Depois, com grande esforço, levantei-a, mantive-a sobre os degraus, descendo com ela, enquanto na plataforma, a tia, que descera antes de nós, a recebia em seus braços.

— Faz dezoito meses que ela está assim — disse-me a tia quando cheguei perto dela. — Veja se não é uma infelicidade! Uma mocinha de dezessete anos!... Não há verdadeira paralisia; não; simplesmente uma paralisia nervosa.

— Por certo deve ter havido causas morais?... — perguntei um pouco indiscretamente.

— Sim; foi depois de um medo que teve, uma noite que teve de dormir no quarto dos filhos do meu irmão...

Entendi que tudo o que essa boa mulher queria era conversar, e deplorei não ter sabido interrogá-la antes. Mas um carregador veio com uma cadeira de rodas na qual foi colocada a doente; e a tia afastou-se agradecendo-me.

Édouard poderia reencontrá-la mais tarde e reconstituir o passado.

Fazer Édouard dizer, talvez:

O desagradável, você está vendo, é ter de condicionar as personagens. Elas vivem em mim, de maneira poderosa, e eu diria até que vivem às minhas custas. Sei como pensam, como falam; distingo a mais sutil entoação de suas vozes; sei que existem tais atos que devem cometer, outros que lhes são proibidos... mas, logo que é necessário vesti-las, fixar-lhes a posição na escala social, sua carreira, o montante de suas rendas; logo, principalmente, que é preciso avizinhá-las, inventar-lhes uma família, amigos, eu desisto. Vejo cada um de meus heróis, devo confessar, órfão, filho único, solteiro, sem filho. Talvez seja por isso que vejo em você um herói tão bom, Lafcadio. Não! Mas você já se imaginou tendo aquilo a que se chama "encargo da alma"; com pais velhos para sustentar, por exemplo; uma mãe paralítica, um pai cego... É que essas coisas existem. Melhor ainda: uma jovem irmã, de saúde delicada, que precisasse do ar das montanhas.

— Diga logo uma doente das coxas.

— Pense no que seria sua irmã! No que você seria com uma irmãzinha nos braços, e que lhe tivesse dito um dia: "Cadio, meu pequeno Cadio, desde a morte de nossos pais, você é tudo que me resta no mundo..."

— Eu me apressaria em arranjar-lhe um sedutor.

— Diz isso porque não a ama. Mas, se ela existisse, você a amaria.

A escola simbolista. A grande restrição contra ela é a pouca curiosidade que demonstrou diante da vida. Com a única exceção, talvez, de Vielé-Griffin (e aí está o que dá aos seus versos um sabor tão especial), todos foram pessimistas, renunciantes, resignados,

lassos do triste hospital

que era para eles a nossa pátria (entendo por isso: a terra) "monótona e imerecida", como dizia Laforgue. A poesia tornou-se para eles um refúgio; a única escapatória para as horríveis realidades; precipitavam-se nela com um fervor desesperado.

Desencantando a vida de tudo o que acreditavam não ser mais do que engodo, duvidando que ela valesse a pena "ser vivida", não é de se espantar que eles não tenham trazido uma ética nova, contentando-se com a de Vigny, que no máximo enfeitaram de ironia; mas somente uma estética.

Um caráter chega a pintar-se admiravelmente quando pinta outrem, quando fala de outrem — em razão deste princípio de que cada ser só chega a compreender verdadeiramente em outrem os sentimentos que ele próprio é capaz de fornecer.

Cada vez que Édouard é chamado a expor o plano de seu romance, fala dele de uma maneira diferente. Em suma, ele blefa; teme, no fundo, não poder nunca sair dessa.

— Por que me dissimular isso: o que me tenta é o gênero épico. Só o tom da epopeia me convém e pode satisfazer-me; pode tirar o romance de seu ramerrão realista. Por muito tempo pôde-se acreditar que Fielding e Richardson ocupavam dois polos opostos. Para dizer a verdade, um é tão realista quanto o outro. O romance sempre se agarrou à realidade, em todos os países, até hoje. Nossa grande época literária só soube levar seu esforço de idealização no drama. *A princesa de Clèves* não teve sequência; quando o romance francês se lança, é na direção do *romance burguês.*

28 de novembro de 1921

"Aqueles moços tinham uma ideia muito pouco clara dos limites de seu poder" — está dito em *O idiota* que estou relendo atualmente. Excelente epígrafe para um dos capítulos.

Pontigny, 20 de agosto de 1922

Bernard tomou como máxima:

Se não for você, quem será?
Se não agora, quando será?

Procura formular isso em latim. E quando se trata de tirar a mala de Édouard do guarda--volumes: "Se você não o fizer agora, corre o risco de deixar que Édouard o faça."

O que essas máximas têm de encantador é que são tanto a chave do Paraíso quanto do Inferno.

Cuverville, 11 de outubro de 1922

É ao contrário que se desenvolve, bastante estranhamente, meu romance. Quer dizer que descubro sem cessar que isto ou aquilo, que acontecia antes, deveria ser dito. Os capítulos, assim, se acrescentam, não uns depois dos outros, mas empurrando sempre para mais longe aquele que eu pensava, de início, dever ser o primeiro.

28 de outubro

Não trazer muito para o primeiro plano — ou pelo menos não depressa demais — as personagens mais importantes, mas recuá-las, ao contrário, fazê-las esperar. Não as descrever, mas fazer de modo a forçar o leitor a imaginá-las como convém. Ao contrário, descrever com precisão e marcar fortemente os comparsas episódicos; levá-los ao primeiro plano para distanciar na mesma medida as outras.

Nesta primeira cena do Luxembourg, ponho a falar os indiferentes; Olivier é o único que monologa. Não se deve ouvi-lo; apenas entrevê-lo; mas desde já amá-lo um pouco, apegar-se a ele e desejar vê-lo e ouvi-lo. O sentimento deve aqui preceder o conhecimento.

Tudo isso, faço instintivamente. É depois que analiso.

1º de novembro

Purgar o romance de todos os elementos que não pertencem especificamente ao romance. Nada se obtém de bom pela mistura. Sempre tive horror daquilo a que se chamou "a síntese das artes", que devia, segundo Wagner, se realizar no teatro. E isso me deu o horror ao teatro — e a Wagner. (Foi na época em que, por trás de um quadro de Munkaczy, tocava-se uma sinfonia recitando versos; a época em que, no Théâtre des Arts, projetavam perfumes na sala durante a representação do *Cântico dos cânticos*.) O único teatro que posso suportar é um teatro que se dá simplesmente por aquilo que é, e não pretende ser nada mais do que teatro.

A tragédia e a comédia, no século XVII, chegaram a uma grande pureza (a *pureza*, em arte como por toda parte, é isso que importa) — e aliás, mais ou menos todos os gêneros, grandes ou pequenos, fábulas, caracteres, máximas, sermões, memórias, cartas. A poesia lírica, puramente lírica* — e o romance não?

* Será que eu ousaria fazer ver que, em *A porta estreita* (1909) já é questão de "poesia pura"; incidentemente, é verdade; mas não me parece que essas palavras, na boca de Alissa, tenham uma significação muito diferente da que o padre Bremond devia lhes dar mais tarde.

(Não; não aumente excessivamente *A princesa de Clèves*; é principalmente uma maravilha de tato e de gosto...)

E esse puro romance, ninguém o produziu tampouco mais tarde; não, nem mesmo o admirável Stendhal que, de todos os romancistas, é talvez o que mais se aproxima disso. Mas é notável que Balzac, ainda que talvez seja o maior de nossos romancistas, seja seguramente o que mesclou ao romance e nele anexou, e nele amalgamou o maior número de elementos heterogêneos, e propriamente inassimiláveis pelo romance; de modo que a massa de um de seus livros permanece ao mesmo tempo uma das coisas mais possantes, mas também das mais turvas, mais imperfeitas e carregadas de escórias, de toda nossa literatura. É de se notar que os ingleses, cujo drama nunca soube *purificar-se* perfeitamente (no sentido em que se purificou a tragédia *de* Racine), chegaram logo de início a uma pureza bem maior no romance de Defoe, Fielding, e mesmo Richardson.

Creio que é necessário colocar tudo isso na boca de Édouard — o que me permitiria acrescentar que não lhe concedo todos esses pontos, por mais judiciosas que sejam suas observações; mas que duvido, por minha parte, que se possa imaginar romance mais *puro* do que, por exemplo, *La Double méprise* [*O duplo engano*], de Mérimée. Mas, para excitar Édouard a produzir esse puro romance com que sonhava, a convicção de que algo assim não se tinha ainda produzido era-lhe necessária.

Além disso, esse puro romance, ele nunca chegará a escrevê-lo.

Devo respeitar em Édouard cuidadosamente tudo aquilo que faz com que ele não possa escrever seu livro. Ele compreende muitas coisas; mas persegue-se a si mesmo sem cessar; através de todos, através de tudo. A verdadeira dedicação lhe é mais ou menos impossível. É um amador, um fracassado.

Personagem tanto mais difícil de estabelecer quanto lhe empresto muito de mim. Preciso recuar e afastá-lo de mim para ver bem.

Arte clássica:

Vós vos amais ambos mais do que pensais.

(TARTUFO)

Sarah diz: "de modos que" — erro horrível, tão frequente hoje em dia e que nunca vi denunciado em parte alguma — "fechei a porta de modos que ele não saia", etc.

Olivier tomava grande cuidado para não falar do que não soubesse bem; mas, como esse cuidado não era partilhado por nenhum daqueles que frequentavam Robert, os quais não se acanhavam em pronunciar julgamentos peremptórios sobre livros que não tinham lido, Olivier preferiu acreditar que era muito mais ignorante do que eles, ao passo que era apenas mais consciencioso.

— Admiro — dizia ele a Robert, — a cultura de todos os seus amigos. Sinto-me perto deles tão ignaro que não ouso falar de nada. Que livro é esse de que vocês todos falavam tão bem?

— É um livro que quase nenhum de nós leu — disse Robert rindo; — mas convencionou-se tacitamente atribuir-lhe todos os méritos, e considerar tolo aquele que não os reconhecesse.

Um mês antes, uma resposta assim teria deixado Olivier indignado. Ele sorriu.

Annecy, 23 de fevereiro

Bernard: seu caráter ainda incerto. No início, perfeitamente insubordinado. Motiva-se, precisa-se e limita-se ao longo de todo o livro, ao sabor de seus amores. Cada amor, cada adoração acarreta uma dedicação, uma devoção. Ele pode ficar aborrecido, de início, mas compreende depressa que é só se limitando que seu campo de ação pode precisar-se.

Olivier: seu caráter pouco a pouco se deforma. Comete ações profundamente contrárias à sua natureza e aos seus gostos — por despeito e violência. Segue-se um abominável desgosto de si mesmo. Embotamento progressivo de sua personalidade — e de seu irmão Vincent também. (Acentuar a derrota de sua virtude, no momento em que começou a ganhar no jogo.) Eu não soube indicar isso muito claramente.

Vincent e Olivier têm instintos muito bons e nobres e se lançam à vida com uma visão altíssima daquilo que devem fazer; — mas são de caráter fraco e se deixam levar. Bernard, ao contrário, reage contra cada influência e recalcitra. As cartas foram mal distribuídas:

é Olivier que Édouard deveria ter adotado; e era de Olivier que ele gostava.

Vincent deixa-se penetrar lentamente pelo espírito diabólico. Acredita que está se tornando o diabo; e é quando tudo que faz tem êxito que se sente mais perdido. Ele quisera *a-visar* seu irmão Olivier, e tudo o que tenta para salvá-lo redunda em dano para Olivier e em seu benefício próprio. Sente claramente que tem parte com Satanás. Sente que pertence tanto mais a Satanás quanto não chega a acreditar na existência real do Coisa-ruim. Isso permanece para ele uma cômoda maneira metafórica de explicar as coisas; mas volta sempre à sua mente este tema: "Por que me temerias? Bem sabes que não existo?" Acaba por acreditar na existência de Satanás *como na sua própria*, isto é, acaba por acreditar que é Satanás.

É justamente sua certeza (a certeza de ter o diabo em seu jogo) que o faz ter êxito em tudo que empreende. Fica apavorado com isso; chega até a desejar um pouco de fracasso; mas sabe que terá êxito, no que quer que empreenda. Sabe que, ganhando o mundo, perde sua alma.

Compreende mediante quais argumentos o Diabo o *enganou*, quando se encontrou pela primeira vez diante de Laura, naquele sanatório de onde nem um nem outro acreditava poder sair — e que fez pacto com ele, desde o instante em que aceitou transportar o terreno de ação para um sofisma: "Admitindo que não viveremos e que, por conseguinte, nada do que fizermos doravante deve acarretar consequência..."

Convém, muito ao contrário de Meredith ou de James, deixar o leitor sentir-se em vantagem sobre mim — agir de maneira a permitir-lhe acreditar que é mais inteligente do que o autor, mais moral, mais perspicaz e que descobre nas personagens muitas coisas, e no decurso da narrativa muitas verdades, a despeito do autor e, por assim dizer, à sua revelia.

Annecy, 5 de março de 1923

Sonhei esta noite:

Um criado em libré veio tirar numa bandeja os restos do lanche que nos fora servido. Eu estava sentado num simples escabelo, junto a um aparador baixo, mais ou menos no centro de uma vasta sala pouco iluminada. A pessoa com quem eu conversava, de rosto meio escondido pelas orelhas de uma grande poltrona, era Marcel Proust. A atenção que eu lhe prestava foi distraída pela saída do criado, e notei que este arrastava atrás de si um pedaço de barbante, do qual uma das extremidades se encontrava em minha mão, enquanto a outra ia se fixar entre os livros de uma prateleira da biblioteca. Essa biblioteca cobria uma das paredes da sala. Proust dava-lhe as costas, enquanto eu lhe fazia face. Puxei o barbante e vi deslocarem-se ligeiramente dois volumes grandes e velhos suntuosamente encadernados. Puxei um pouco mais e os livros meio que saíram da prateleira, prestes a caírem; puxei mais ainda, eles caíram. O barulho da queda fez-me bater o coração e interrompeu a narrativa que Proust estava fazendo. Lancei-me em direção à estante, recolhi um dos livros, certifiquei-me de que a encadernação de marroquim pleno não estava arranhada; o que imediatamente quis mostrar a meu amigo para tranquilizá-lo. Mas as capas estavam meio soltas da lombada e a encadernação, afinal, num estado deplorável. Compreendi intuitivamente que Proust tinha grande apego àqueles livros; àquele especialmente; mas num tom de amabilidade refinada e de grande senhor:

— Não é nada. É uma edição de Saint-Simon de... — Disse-me uma data; reconheci logo uma edição das mais raras e das mais procuradas. Eu queria balbuciar desculpas, mas Proust cortou rente e começou a me mostrar, com muitos comentários, algumas das numerosas ilustrações do livro que ele mantinha sobre os joelhos.

Um instante depois Proust havendo-se retirado, não sei como encontrei-me sozinho na sala. Uma espécie de mordomo, vestido com uma longa casaca verde e preta, veio para fechar as janelas, à maneira de um guarda de museu quando vão soar cinco horas. Levantei-me para sair e tive de atravessar ao lado do mordomo uma fileira de salões faustosos. Eu escorregava no assoalho luzidio, quase caí e, ao final, não aguentando mais, lancei-me ao chão, aos pés do mordomo, soluçando; depois comecei a declarar-lhe, com grande profusão de ênfase e lirismo, que considerava apropriada para encobrir o ridículo de minha confissão:

— Menti há pouco ao fingir ter derrubado os livros por descuido; sabia que puxando o cordão eu os derrubaria, e o puxei assim mesmo. Foi mais forte do que eu.

Levantei-me e o mordomo, segurando-me em seus braços, dava-me tapinhas no ombro, à moda russa.

No compartimento do trem para Annecy, um operário, depois de ter tentado em vão acender o cachimbo:

— Ao preço que estão os fósforos, torna-se interessante que eles não acendam.

Tenho tanto medo, e me desagradaria tanto deixar a paixão dobrar meu pensamento que, muitas vezes, é no momento em que alguém mais me quer mal que sou tentado a dizer as melhores coisas dessa pessoa.

Cuverville, 3 de novembro

Fui obrigado a me dar conta, quando da leitura que fiz para R. Martin du Gard (agosto, Pontigny): as melhores partes de meu livro são aquelas de invenção pura. Se falhei no retrato do velho Lapérouse, foi por tê-lo aproximado demais da realidade; não soube, não pude perder de vista meu modelo. A narrativa daquela primeira visita deve ser retomada. Lapérouse não viverá e não o verei realmente senão quando ele tiver tomado completamente o lugar do outro. Nada me deu ainda tanto trabalho. O difícil é inventar onde a lembrança nos retém.

15 de novembro

Remanejei completamente esse capítulo, que acho bastante bom agora.

Certamente é muito mais fácil para mim fazer falar uma personagem do que me exprimir em meu próprio nome; e isso tanto mais quanto a personagem criada mais difere de mim. Não escrevi nada melhor nem com maior facilidade do que os monólogos de Lafcadio, ou do que o diário de Alissa. Ao fazer isso, esqueço quem sou, se é verdade que algum dia soube. Torno-me o outro. (Procuram saber minha opinião. Minha opinião, não ligo para ela, não sou mais alguém, mas vários — daí essa censura que me fazem de inquietude, de instabilidade, de versatilidade, de inconstância.) Levar a abnegação até o esquecimento total de si mesmo.

(Eu dizia a Claudel, certa noite em que sua amizade se preocupava com a salvação da minha alma:

— Sou totalmente desinteressado por minha alma e pela salvação dela.

— Mas Deus — respondia — Ele não se desinteressa de você.)

Da mesma forma na vida, é o pensamento, a emoção de outrem que me habita; meu coração só bate por simpatia. É o que torna para mim uma discussão tão difícil. Abandono logo *meu* ponto de vista. Abandono-me e assim seja.

Isso é a chave de meu caráter e de minha obra. Não fará bom negócio o crítico que não tiver entendido isso — e mais o seguinte: não é o que se parece comigo, mas o que difere de mim que me atrai.

Cuverville, 27 de dezembro

Jacques Rivière saiu neste instante. Acabou de passar três dias aqui. Li para ele os dezessete primeiros capítulos dos *Moedeiros falsos* (os capítulos I e II devem ser refeitos completamente).

Convém acrescentar, desde o primeiro capítulo, um elemento fantástico e sobrenatural, que autorize em seguida certos desvios da narrativa, certas irrealidades. Creio que o melhor seria fazer uma descrição "poética" do

Luxembourg — que deve permanecer um lugar tão mítico quanto a floresta das Ardennes nos textos feéricos de Shakespeare.

Cuverville, 3 de janeiro de 1924

A dificuldade vem de que, para cada capítulo, devo recomeçar do zero. *Nunca aproveitar o impulso já adquirido* — tal é a regra do meu jogo.

6 de janeiro

O livro, agora, parece às vezes dotado de vida própria; dir-se-ia uma planta que se desenvolve, e meu cérebro não é mais que o vaso cheio de terra que a alimenta e a contém. Até me parece que não é conveniente tentar "forçar" a planta; que é melhor deixar seus brotos se incharem, as hastes se estenderem, os frutos se adoçarem lentamente; pois que procurando antecipar a época de sua maturação natural, compromete-se a plenitude de seu sabor.

No vagão, rumo a Cuverville,
8 de fevereiro de 1924

Posto que me impedem de ler e de meditar, anotarei, a esmo, as falas da senhora gorda que ocupa com o marido dois lugares de minha cabine:

— Eram práticos, entretanto, os vagões com portas em todas as cabines... em caso de acidente (nosso vagão é de corredor). Ora! Parece um homem, no alto do telhado, olhe... é um cata-vento. Eu não sabia que Amer Picon tinha uma fábrica em Batignolles.

O MARIDO: Isso aí é a periferia. A periferia que já está...

A MULHER: Tem nuvens, mas não vai chover. Tire então o seu casaco... Lá! Lá, lá, lá.

O MARIDO: Hein?

A MULHER: Lá, lá, lá, lá... Aquilo não é Rouen, lá?

O MARIDO: Oh, lá, lá: daqui a duas horas.

A MULHER: Olhe a forma daquelas chaminés.

O MARIDO: Argenteuil... os aspargos...

A mulher surpreendeu meu olhar. Inclina-se para o marido, e a partir desse momento, só falarão em voz baixa. Pelo menos uma pequena vitória. Ouço ainda:

O MARIDO: Não é sincero.

A MULHER: Naturalmente. Para ser sincero era preciso que fosse...

Admirável: a pessoa que nunca terminaria as frases. A senhora Vedel, a mulher do pastor.

14 de fevereiro

A tradução de *Tom Jones*, cujas provas me são enviadas por Dent, é das mais medíocres. Recuso-me a prefaciá-la. Depois de longo conciliábulo entre Rys (representante de Dent),

Valery Larbaud e eu, a casa Dent abandona o empreendimento. Revejo-me face aos meus *Moedeiros falsos*; mas esse curto mergulho em Fielding me esclarece sobre as insuficiências de meu livro. Tenho dúvidas se não deveria ampliar o texto, intervir (apesar do que me disse Martin du Gard), comentar. Perdi o ritmo.

Brignoles, 27 de março

O estilo dos *Moedeiros falsos* não deve apresentar nenhum interesse de superfície, nenhuma saliência. Tudo deve ser dito da maneira mais chã, aquela que fará com que certos charlatães digam: o que é que você encontra para admirar aí dentro?

Vence, 29 de março

Desde a primeira linha de meu primeiro livro, procurei a expressão direta do estado da minha personagem, — tal frase que fosse diretamente reveladora de seu estado interior — em vez de tentar pintar esse estado. A expressão podia ser desajeitada e fraca, mas o princípio era bom.

30 de março

O que falta a cada um de meus heróis, que talhei em minha própria carne, é aquele pouco de bom senso que me impede de levar tão longe quanto eles as suas loucuras.

31 de março

O caráter de lady Griffith é e deve permanecer como fora do livro. Ela não tem existência moral, nem mesmo, a bem dizer, personalidade; é isso que vai logo perturbar Vincent. Esses dois amantes são feitos para se odiar.

Roquebrune, 10 de abril de 1924

Não estabelecer a sequência de meu romance no prolongamento das linhas já traçadas; aí está a dificuldade. Um surgimento perpétuo; cada novo capítulo deve levantar um novo problema, ser uma abertura, uma direção, um impulso, um lançamento para frente — da mente do leitor. Mas este deve me abandonar, como a pedra lançada deixa a funda. Consinto até que, bumerangue, ele volte a bater em mim.

Paris, 17 de maio

Escrevi os três capítulos que devem preceder a "volta" à pensão. (Diário de Édouard: conversa com Molinier, com os Vedel-Azaïs, com Lapérouse.)

Quero atrair sucessivamente cada uma de minhas personagens para a frente do palco e ceder-lhe por um instante o lugar de honra.

Respiração necessária entre os capítulos (mas seria preciso também obter isso do leitor).

27 de maio

O irmão mais velho de Bernard persuade-se de que deve ser um "homem de ação". Quer dizer que se torna um homem parcial. Antes que o adversário tenha falado, ele já tem a resposta pronta; mal deixa que o outro termine a frase. Escutar o outro traria o risco de enfraquecê-lo. Ele trabalha seriamente e acha que se instrui, mas só procura em suas leituras munições para sua causa. Nos primeiros tempos, sofria ainda de alguma distância que sentia entre seus pensamentos e suas palavras; quero dizer que suas palavras, suas declarações diante dos colegas de seu meio, estavam muitas vezes adiantadas em relação a seus pensamentos; mas teve o cuidado de acertar o passo. Agora, *acredita* realmente no que afirma, e nem precisa acrescentar, como fazia no início: "sinceramente" depois de cada uma de suas declarações.

Bernard conversa com ele, em seguida a seu bacalaureato; estava prestes a voltar para o pai. A conversa que tem com o irmão bem-pensante volta a precipitá-lo na revolta.

O mau romancista constrói suas personagens; dirige-as e as faz falar. O verdadeiro romancista as escuta e as observa agir; ouve-as falar desde antes de as conhecer, e é a partir do que as ouve dizer que compreende pouco a pouco *quem* elas são.

Acrescentei: observá-las agir — pois, para mim, é antes a linguagem que o gesto quem informa, e creio que eu perderia menos se perdesse a vista do que se perdesse a audição. Entretanto vejo minhas personagens; não tanto seus pormenores quanto sua massa, e principalmente seus gestos, seu jeito, o ritmo de seus movimentos. Não sofro porque as lentes de meus óculos não m'os apresentam totalmente "no ponto"; enquanto as menores inflexões de suas vozes, percebo-as com a mais viva nitidez.

Escrevi o primeiro diálogo entre Olivier e Bernard e as cenas entre Passavant e Vincent sem saber absolutamente o que faria dessas personagens, nem quem elas eram. Impuseram-se a mim, tivesse eu o que tivesse. Nada de milagroso nisso. Explico-me bastante bem a formação de uma personagem imaginária, e de que sobra de si mesmo ela é feita.

Não existe ato, por mais absurdo ou prejudicial, que não seja o resultado de um concurso de causas, conjunções e concomitâncias; e sem dúvida existem bem poucos crimes cuja responsabilidade não possa ser partilhada, e para cujo êxito não se tenham juntado várias pessoas — ainda que sem o querer ou sem o saber. As nascentes de nossos menores gestos são tão múltiplas e distantes como as do Nilo.

Renúncia à virtude por abdicação do orgulho.

Coxyde, 6 de julho

Profitendieu deve ser redesenhado completamente. Não o conhecia o suficiente quando se lançou em meu livro. Ele é muito mais interessante do que eu sabia.

Cuverville, 27 de julho

Boris. O pobre menino compreende que não existe nenhuma de suas qualidades, nenhuma de suas virtudes, que não possa ser transformada em defeito por seus colegas: sua castidade em impotência; sua sobriedade em ausência de gula; sua abstinência em covardia; sua sensibilidade em fraqueza. Tanto é verdade que nada permite alguém se aproxime com tal intensidade quanto defeitos comuns, ou vícios, tanto é verdade que a nobreza da alma impede a facilidade da acolhida (tanto de ser acolhido como de acolher).

Jarry. Ele tinha um senso exato da língua; ou, melhor ainda, do peso das palavras. Construía frases maciças, bem assentadas, aplicando todo seu comprimento sobre o chão.

Cuverville, 10 de agosto

Outro artigo do código deles era o que eu poderia chamar de "a doutrina do menor esforço". Cada um desses meninos — com exceção apenas de alguns raros, que passavam por presunçosos e intratáveis — colocavam como ponto de honra, ou de amor-próprio, obter tudo mediante pagamento e comprometendo-se o menos possível; fosse um objeto que fulano se vangloriava de ter para obter vantagens mais facilmente; fosse um problema para o qual algum outro descobrira a solução sem ter penado nos cálculos; um meio de locomoção que permitisse sair cinco minutos mais tarde para a aula, o princípio permanecia o mesmo. "Nada de esforço inútil", era sua absurda divisa. Nenhum soubera entender que pode haver benefícios no próprio esforço e recompensa além do objetivo alcançado.

Pude questionar se talvez essa disposição de espírito, que por minha parte considero uma das mais infelizes, não se torna menos perigosa depois que é catalogada e, como acontece que só se dá um nome àquilo de que a gente se separa, se essa fórmula já não pressagia uma partida.

O modo de se vestir desses meninos vinculava-se à mesma ética. Tudo neles respirava o estrito; tudo era parcimoniosamente medido. Seus casacos (falo dos mais elegantes) os cercavam como uma casca de árvore que o crescimento do tronco tivesse feito rachar na frente. Seus colarinhos postiços não cediam à gravata senão o menor espaço para o menor nó. Até os sapatos, cujos cadarços alguns desses jovens enfiavam engenhosamente para dentro de maneira a só deixar aparecer o indispensável.

Cuverville, 1º de novembro de 1924

Eu devia partir no dia 6 de novembro para o Congo; todas as providências tinham sido tomadas, cabines reservadas, etc... Adio a partida para julho. Esperança de terminar o livro (aliás, essa não é a razão maior que me retém).

Acabo de escrever o capítulo X da segunda parte (o falso suicídio de Olivier) e só vejo à minha frente um emaranhado terrível, um matagal tão espesso que não sei por qual galho iniciar. Segundo o meu método, uso de paciência e considero longamente o tufo antes de atacar.

A vida nos apresenta por todos os lados numerosas maneiras de começar dramas, mas é raro que estes prossigam e se desenhem como costuma desfiá-los um romancista. E aí está justamente a impressão que eu gostaria de dar nesse livro, e o que farei Édouard dizer.

Cuverville, 20 de novembro

Que muitos gestos pertencentes a uma geração encontrem sua *explicação* na geração seguinte — é o que eu me havia proposto a demonstrar; mas minhas personagens me impelem, e não pude dar a mim mesmo completa satisfação sobre esse ponto. Se escrever outro romance, gostaria de esclarecer melhor isto: como os que pertencem a uma nova geração, depois de ter criticado, censurado os gestos e as atitudes (conjugais, por ex.) dos que os precederam, encontram-se levados pouco a pouco a refazer mais ou menos os mesmos gestos. André vê formar-se novamente em sua própria casa tudo aquilo que lhe parecia monstruoso na casa de Guillaume, que sua infância frequentava.

Casa de saúde, 3 de janeiro de 1925

Bernard sofre a doutrinação de um tradicionalista que, ignorando o fato de o rapaz ser bastardo, quer persuadi-lo de que a sabedoria consiste, para cada um, em prolongar a linha que o pai começou a traçar, etc... Bernard não ousa dar livre curso a seu protesto:

— Mas afinal, se esse pai, eu não o conhecer... ?

E quase imediatamente vem a felicitar-se por não o conhecer, e por não ter, por conseguinte, de buscar a regra moral a não ser em si mesmo.

Mas saberá elevar-se até aceitar, assumir as contradições de sua riquíssima natureza? Até buscar, não resolvê-las, mas alimentá-las, — até compreender que a amplidão da hesitação e a largura do afastamento determinam, para a corda tensa, o poder do som que ela vai produzir, e que ela não pode se fixar senão no ponto morto.

Comparação igualmente com os dois polos magnéticos, entre os quais fazer brotar a centelha da vida.

Bernard pensa: — Dirigir-se a um objetivo?

— Não! Mas: "ir para a frente".

Cuverville, fim de janeiro

Como se forma uma equipe modelo:

A primeira condição para fazer parte dela é renunciar ao próprio nome, de maneira a não ser mais do que uma força anônima;

procurar fazer triunfar a equipe mas não procurar se distinguir.

Sem isso, só se obtêm especializações, fenômenos. Uma boa média, para vencer, importa sempre mais do que alguns números excepcionais — que parecem mais extraordinários, e que se notam mais, quanto mais o conjunto da equipe for medíocre.

Arte clássica.

Queixo-me de minha sorte menos do que você pensa.

(BAJAZET)

8 de março de 1925

Vi Martin du Gard, em Hyères. Ele deseja ver meu romance prolongar-se indefinidamente. Encoraja-me a "aproveitar" mais as personagens que criei. Acho que não vou seguir seu conselho.

O que me atrairá para um novo livro não são tanto as novas figuras quanto uma nova maneira de as apresentar. Este se terminará bruscamente, não por esgotamento do assunto, que deve dar a impressão de ser inesgotável, mas, ao contrário, por seu alargamento e por uma espécie de evasão de seu contorno. Ele não deve se fechar, mas espalhar-se, desfazer-se...

La Bastide, 29 de março de 1925

Trabalhei bastante bem durante cerca de um mês. Escrevi vários capítulos, que primeiro me pareciam particularmente difíceis. Mas uma das particularidades deste livro (e que está ligada certamente ao fato de eu recusar-me sem cessar a "aproveitar o embalo adquirido") é essa excessiva dificuldade que experimento diante de cada novo capítulo — dificuldade quase igual àquela que me retinha no limiar do livro e que me forçou a patinar durante tanto tempo.

Sim, de verdade, aconteceu-me, durante dias, duvidar se eu poderia recolocar a máquina em funcionamento. Tanto quanto me lembro, nada parecido aconteceu com os *Porões* [*Porões do Vaticano*]; nem com nenhum outro livro; ou a dificuldade que tive ao escrevê-los se apagou de minha lembrança como se apagam as dores do parto após o nascimento da criança?

Pergunto-me desde ontem à noite (terminei anteontem o cap. XVII da segunda parte: visita de Armand a Olivier) se não cabc rcsumir num só os vários capítulos que via diante de mim. A terrível cena do suicídio ganharia, parece-me, em não ser muitoanunciada. Acaba-se caindo no insosso, por excesso de preparação. Não vejo, esta manhã, senão as vantagens de uma inversão que apresentasse num só capítulo o suicídio e sua motivação.

Não existem praticamente “regras de vida” de que não se possa dizer que haveria mais sabedoria em ir a seu contrapé do que em segui-las.

Primeiro proceder ao inventário. As contas se farão mais tarde. Não é bom misturar. Depois, terminado o livro, eu largo o leme, e entrego ao leitor o cuidado da operação; adição, subtração, pouco importa; estimo que não cabe a mim fazê-la. Tanto pior para o leitor preguiçoso: quero outros. Inquietar, essa é minha função. O público prefere sempre que o tranquilizem. Há alguns que têm isso como profissão. Há até demais.

Cuverville, maio de 1925

Temo a desproporção entre a primeira e a segunda parte — e que esta, afinal de contas, se descubra sensivelmente mais curta. Ainda que os finais precipitados me agradem, e que eu goste de dar a meus livros o aspecto de um soneto que começa com quartetos e termina em tercetos. Parece-me sempre inútil explicar o tempo todo algo que o leitor atento já entendeu; é injuriá-lo. A imaginação jorra tanto mais alto quanto a extremidade do conduto se faz mais estreita, etc... Entretanto, esta manhã, chego a considerar a vantagem que haveria em dividir o livro em três partes. A primeira (Paris) iria até o capítulo XVI. A segunda compreenderia os oito capítulos de Saas-Fée. O que faria a terceira ganhar em importância.

Ontem, 8 de junho, terminei *Os moedeiros falsos*.

Martin du Gard comunica-me esta citação de Thibaudet:

"É raro que um autor que se expõe num romance faça dele um indivíduo semelhante, quero dizer, vivo... O romancista autêntico cria suas personagens com as direções infinitas de sua vida possível; o romancista factício as cria com a linha única de sua vida real. O gênio do romance faz viver o possível; não faz reviver o real."

E isso me parece tão verdadeiro que penso em pinçar essas frases, à guisa de prefácio, encabeçando os *Moedeiros falsos*, ao lado desta que Vauvenargues escreveu pensando certamente em Henri Massis:

"*Aqueles que não saem de si mesmos são de uma peça só.*"*

Mas, tudo considerado, mais vale deixar o leitor pensar o que quiser — ainda que seja contra mim.

* *Conseils à un jeune homme* [Conselhos a um moço] (citado por Sainte-Beuve, *Lundis*. I, p. 8).

APÊNDICE

Jornais

Cartas

Páginas do diário de Lafcadio

Identificação do demônio

JORNAIS

Figaro, *16 de setembro de 1906*

Eis a maneira como eles procediam:

As moedas falsas eram fabricadas na Espanha, introduzidas na França e trazidas por três ex-presidiários: Djl, Monnet e Tornet. Eram entregues aos intermediários Fichat, Micornet e Armanet e vendidas por estes, à razão de 2 f 50 por moeda, aos jovens encarregados de sua disseminação.

Estes eram boêmios, estudantes de segundo ano, jornalistas desempregados, artistas, romancistas, etc. Mas havia também certo número de estudantes da Escola de Belas Artes, alguns filhos de funcionários públicos, o filho de um magistrado do interior e um empregado auxiliar do ministério das finanças.

....

Se para alguns esse comércio criminoso era o meio que lhes permitia levar uma "vida abastada", que a pensão paterna não permitia, para outros — pelo menos no dizer deles — era uma obra humanitária: — Eu cedia por vezes algumas a uns pobres coitados pouco afortunados a quem isso ajudava a manter a família... E não se prejudicava ninguém, pois que não se roubava senão do Estado.

Journal de Rouen, *5 de junho de 1909*

SUICÍDIO DE UM SECUNDARISTA. — Apontamos o suicídio dramático do jovem Nény, de apenas quinze anos, que, no liceu Blaise-Pascal, em Clermont-Ferrand, em plena sala de aula, estourou os próprios miolos com um tiro de revólver.

O Journal des Débats *recebe, de Clermont-Ferrand, as estranhas informações a seguir:*

Que um pobre menino, educado numa família em que se davam cenas tão violentas que muitas vezes — e na véspera mesmo de sua morte — foi obrigado a ir dormir na casa dos vizinhos, tenha sido levado à ideia do suicídio, é doloroso, mas admissível; que a leitura assídua e não controlada dos filósofos pessimistas alemães o tenha conduzido a um misticismo de mau quilate, "a sua própria religião", como ele dizia, pode-se ainda admitir. Mas que tenha havido, num liceu de uma cidade grande, uma associação malfeitora de alguns garotos para levar-se mutuamente ao suicídio, isso é monstruoso e é, infelizmente, o que temos de constatar.

Diz-se que teria havido um sorteio entre três alunos para saber quem se mataria primeiro. O que é certo é que os dois cúmplices do infeliz Nény forçaram-no, por assim dizer, acusando-o de covardia, a pôr fim a seus dias; pois, na véspera, eles o fizeram ensaiar e encenar esse ato odioso; o lugar onde ele devia, no dia seguinte, estourar os miolos, foi marcado com giz no chão. Um jovem estudante que entrava nesse momento viu o ensaio: foi posto para fora pelos três malfeitores com esta ameaça: "Ó você, você está sabendo demais, você vai desaparecer" — e havia, parece, uma lista dos que deviam desaparecer.

O que é certo também, é que, dez minutos antes da cena final, o vizinho de Nény pediu um relógio emprestado a um aluno e disse a Nény: "Você sabe que deve se matar às três horas e vinte minutos; você não tem mais que dez — que cinco — que dois minutos!" Na hora exata o infeliz levantou-se, colocou-se no lugar marcado com giz, tirou o revólver e deu um tiro na têmpora direita. O que é também verdade é que, quando ele caiu, um dos conjurados teve o horrível sangue-frio de se lançar sobre o revólver e fazê-lo desaparecer. Ainda não se conseguiu encontrá-lo. A que o destinam? Tudo isso é atroz: a emoção dos pais dos alunos está no máximo: isso se concebe!

CARTAS

Sexta-feira à noite

Meu caro amigo,

Desculpe-me por não lhe ter escrito antes, eu não teria conseguido.

Ignoramos o que determinou D... a se matar.

... Tive com D... uma conversa sobre o suicídio num momento em que estávamos ambos muito deprimidos. Eu o repreendia por sua antiga tentativa, declarando-lhe que eu só me mataria depois de uma alegria tal que tivesse certeza de nunca mais poder experimentar nada semelhante. D... aprovou-me, mas tinha-me confessado também nunca ter tido senão decepções,

e que estava completamente desesperado. Ora, na sexta-feira à noite, sei que ele tinha um encontro com um rapaz. Passou toda a noite fora de casa e só voltou pela manhã. Sábado ele estava alegre como nunca estivera; à noite, ele se matava.

Eu não previa, de forma alguma, o que ia acontecer.

No domingo à tarde, na casa da senhora X..., acharam-me "hesitante", mas lá sei eu ainda o que devo fazer ou dizer? Aí está. Gostaria que você me desse um conselho, e me dissesse o que pensa de todo esse drama espantoso.

CH. B.

Estrasburgo, rua Geiler nº 18.
13 de janeiro de 1927

Meu senhor,

A analogia evidente que existe entre o mal de que foi atingido La Pérouse nos últimos anos da vida e aquele de que sofria Monsieur le Prince, e que Saint-Simon nos descreveu em suas Memórias, *prova que Saint-Simon forneceu ao senhor a matéria do capítulo III da terceira parte de seu livro* Os moedeiros falsos. *Não o haver dito, pelo menos em seu* Diário dos moedeiros falsos, *é a prova de uma absoluta falta de franqueza. O senhor menciona Saint-Simon da maneira mais ambígua a respeito de um sonho. Deixa o seu leitor, quanto a esse capítulo precitado a respeito de La Pérouse, sob a falsa impressão de uma criação original da parte do senhor. A honestidade não o manda confessar o plágio?*

Queira aceitar, Senhor, as minhas sinceras saudações.

SUZANNE-PAUL HERTZ

Roquebrune-Cap Martin
24 de janeiro de 1927

Minha Senhora,

Agradeço-lhe ter-me chamado a atenção para essa admirável passagem de Saint-Simon. Confesso enrubescido que não a conhecia ainda, e tenho o maior prazer em lê-la no exemplar que o senhor Hanotaux, vizinho da casa de campo dos amigos onde estou hospedado, me emprestou.

O caso de Monsieur le Prince oferece de fato uma admirável analogia com o do meu velho. La Pérouse, no entanto, foi a realidade que me forneceu o modelo. La Pérouse foi inspirado, até em seu suicídio fracassado, por um velho professor de piano, de quem falo longamente em Si le grain ne meurt*, onde falo igualmente de Armand B., que me serviu, de maneira distante, de modelo para o Armand dos* Moedeiros falsos. *Não posso compreender em quê o mérito de uma obra de arte pode ser diminuído pelo fato de buscar apoio na realidade. É por isso que achei conveniente colocar em apêndice ao* Diário dos moedeiros falsos *as notícias de jornal, pontos de partida do meu livro e, em particular, a história do jovem Nény, em quem me inspirei principalmente. Permita-me acrescentar ao apêndice:*

1º a sua carta, tão belo exemplo de amenidade — e do erro a que pode nos levar essa mania moderna de ver influência (ou "plágio") em qualquer semelhança que se descubra, mania que transforma a crítica de certos universitários em polícia e que precipita tantos artistas no absurdo por grande medo de serem suspeitados de poder assemelhar-se com alguém.

2º minha resposta,

*3º a referência de Saint-Simon,**

para o maior proveito dos leitores.

Queira acreditar, Senhora, na garantia de meus mais altos sentimentos.

A. G.

---

* Tudo bem considerado, creio inútil reproduzir aqui a dita passagem, que os curiosos poderão procurar nas Memórias. É muito longa e em que pese o que pensa a minha impetuosa correspondente, a semelhança de Monsieur le Prince, filho do grande Condé, com o meu velho La Pérouse permanece episódica e de medíocre importância. Resume-se no fato de tanto um como o outro, nos últimos tempos da vida, se considerarem e pedirem que os considerassem como mortos. Não se pôde tratar de Monsieur le Prince, ensina-nos Saint-Simon, senão se prestando à sua mania, que foi levada até o absurdo. O sentimento da irrealidade daquilo que nos cerca ou, se preferir, a perda do sentimento da *realidade*, não é tão raro, de modo que certas pessoas puderam observá-lo, ou experimentá-lo momentaneamente por si mesmas. Confesso que sou bastante sujeito a essa singular ilusão, apenas o bastante para poder imaginar muito bem o que ela pode se tornar se cedêssemos a ela com complacência, ou quando as faculdades de reabilitação se enfraquecem, como nos dois casos em que a pude observar bastante de perto em outrem: aquele a quem minha carta alude, e outro mais estranho de que me proponho a falar um dia.

PÁGINAS DO DIÁRIO DE LAFCADIO

(Primeiro projeto de *Os moedeiros falsos*)

Opiniões, disse-me Édouard, quando lhe mostrei estas primeiras notas. Opiniões... Não tenho o que fazer das opiniões deles, enquanto eu não os conhecer a eles mesmos. Persuada-se, Lafcadio, de que as opiniões não existem fora dos indivíduos e não interessam ao romancista senão em função daqueles que as têm. Acreditam sempre que vaticinam no absoluto; mas essas opiniões de que fazem profissão e que acreditam serem livremente aceitas, ou escolhidas, ou mesmo inventadas, lhes são tão fatais, tão prescritas como a cor de seus cabelos ou o cheiro de seu hálito! Aquele defeito de pronúncia de Z..., que você fez muito bem ao anotar, importa-me mais do que aquilo que ele pensa; ou pelo menos isso só virá em seguida. Faz muito tempo que você o conhece?

Eu lhe disse que o estava encontrando pela primeira vez. Não lhe escondi que ele me era extremamente antipático.

— Razão a mais para frequentá-lo — retomou. — Tudo o que nos é simpático é o que se parece conosco e que imaginamos facilmente. É sobre aquilo que difere mais de nós que devemos concentrar principalmente nosso estudo. Você deixou Z... ver que ele o desagradava?

— Não; não deixei transparecer nada.

— Está bem. Tente tornar-se amigo dele.

E como eu fizesse uma careta:

— Ah! Você ainda tem gostos pessoais — exclamou, em tal tom que não pensei senão em renunciar logo a eles.

— Você talvez tenha também escrúpulos, repugnâncias?

— Tentarei livrar-me deles, para servir você — disse eu, rindo. — Se eu fosse logo perfeito, não teria o que fazer de seus conselhos.

— Lafcadio, preste atenção, meu amigo (sua fronte tinha-se ensombrecido ligeiramente), o que espero de você é o cinismo, não a insensibilidade. Alguns lhe dirão que uma coisa não pode ir sem a outra; não acredite neles. Mas, assim mesmo, desconfie. A emoção vem facilmente acompanhada de falta de jeito e há certa virtuosidade do coração, se assim posso dizer, que geralmente não se adquire senão em detrimento das qualidades mais raras e que, como todas as outras virtuosidades, acarreta certa frieza de execução. A emoção atrapalha e, no entanto, tudo fica perdido logo que ela é eludida, ou que apenas diminui; pois, afinal, ela é o fim último e é por causa dela que se joga. Estou aborrecendo você?

— Como pode acreditar!... Isso explica aquela espécie de temor que sinto e que, até então, não conseguia me explicar muito bem.

— Que temor? — fez ele com uma encantadora expressão de solicitude que me tocou.

— Aquele — retomei, — de ser um pouco seco quando estou agindo; um pouco inativo, ou, se preferir, impróprio à ação logo que me enterneço.

— Temo que esteja confundindo a emoção com aquele enternecimento que leva às lágrimas e que nada tem a ver com aquilo que eu chamava de sensibilidade, que não é, na maioria das vezes, senão um alegre frêmito de vida. Persuada-se, muito ao contrário, de que é no mais apressado da ação que você a sente mais viva; pelo menos convém que assim seja... Ah! Enquanto estou me lembrando: você tem mestrado?

Disse-lhe que, desde que tinha escapado do serviço militar, dera menos importância às coisas que me prendessem do que à liberdade.

Ele sorriu, depois:

— Pergunto-lhe isso porque certa pessoa me prometeu para esta manhã uma visita. (Tirou o relógio.) E até já deveria estar aqui. Fique mais alguns instantes; você não tem nada de melhor para fazer. E, enquanto esperamos, vamos tomar uma taça de vinho do Porto; ou melhor, deixe-me preparar-lhe um coquetel.

Abriu um bufezinho baixo, porém, mal tinha tirado algumas taças e diversas garrafas, soou um toque de campainha...

II

Não faz muito tempo que travei conhecimento com Édouard; mas, desde que o conheço, minha vida tomou um aspecto novo e encontro finalmente emprego para ela. Eu estava começando a ficar realmente cansado de só viver para mim mesmo; não gosto suficientemente de mim para isso. Em definitivo, não estou muito seguro de responder ao que Édouard espera de mim; sinto em minha mente não sei quê de corriqueiro e de *desultory*, que me faz temer não ser de bom uso. Além disso, falta-me instrução a um ponto que ele não poderia acreditar. Não li quase nada e não me sinto disposto a ler nada. Talvez eu tenha certo gosto pelas palavras e pelas frases curtas, mas sei línguas demais para falar perfeitamente qualquer uma delas; e escrevo de qualquer jeito. Creio que sou demasiado impaciente para ter sucesso um dia.

No fundo, Édouard não me conhece mais do que eu o conheço. Quando perguntou se eu tinha mestrado, quase lhe disse que nada temo mais do que uma ligação; mas é melhor não se descobrir demais. Tenho horror de falar de mim; isso não vem apenas do fato de eu não me interessar por mim mesmo, mas principalmente de que não há nada que eu diga sobre mim sem que o contrário me pareça imediatamente muito mais verdadeiro. Assim eu ia escrever: tenho gosto pela volúpia, mas, tenho de confessar a mim mesmo: o amor me dá tédio. E logo penso que aquilo que me entedia no amor é o romance, o longo adiamento do prazer, os pequenos cuidados, as denguices, os protestos, as juras... Porque apaixonado eu sempre estou, e por tudo, por todos. O que me desagradaria seria estar apenas por uma pessoa.

Essa necessidade de me mexer, de prestar serviço, de onde jorra a mais clara fonte da minha felicidade, e que me faz continuamente preferir o outro a mim mesmo, não é, talvez, afinal de contas, senão uma necessidade de escapar, de me perder, de intervir e de experimentar outras vidas. Chega de falar de mim. Sem Édouard eu nunca teria falado tanto.

IDENTIFICAÇÃO DO DEMÔNIO

— Mas agora que estamos sozinhos, diga-me, por favor, de onde vem essa estranha necessidade de acreditar que há perigo ou pecado em tudo aquilo que você vai empreender?

— Pouco importa; o importante é que isso não me retenha.

— Durantc muito tempo achei que era apenas um resto de sua educação puritana; mas agora comecei a achar que é preciso ver nisso um não sei quê de byronismo... Oh! Não proteste: sei que você tem horror ao romantismo: pelo menos você o diz; mas você tem amor pelo drama...

— Tenho amor pela vida. Se busco o perigo, é com a confiança, a certeza de que irei triunfar. Quanto ao pecado... o que me atrai nele... oh!, não, não creia que é esse refinamento que fazia a italiana dizer sobre o sorvete que degustava: "*Peccato che non sia un peccato.*" Não, talvez seja antes o desprezo, a raiva, o horror de tudo aquilo que eu chamava de virtude em minha juventude; é também que... como dizer-lhe... não faz muito tempo que compreendi... é que tenho o diabo no meu jogo.

— Nunca pude entender, confesso-lhe, o interesse que havia em acreditar no pecado, no inferno ou em diabruras.

— Permita; permita; mas eu também não, não acredito nele, no diabo; somente, e aí está o que me dilacera, enquanto não se pode servir a Deus senão acreditando nEle, o diabo não tem necessidade que se acredite nele para servi-lo. Ao contrário, nunca o servimos tão bem quanto ignorando-o. Ele tem sempre interesse em não se deixar conhecer; e é isso, já lhe disse, que me dilacera:

é pensar que, quanto menos acredito nele, mais eu o reforço.

Dilacera-me, compreenda-me bem, pensar que é precisamente isso que ele deseja: que não se creia nele. Ele sabe bem como fazer, vá, para insinuar-se em nossos corações, onde só pode entrar se de início não for percebido.

Refleti muito sobre isso, garanto-lhe. Evidentemente, e apesar de tudo que acabei de dizer, em perfeita sinceridade, não acredito no demônio. Tomo tudo que diz respeito a isso como uma simplificação pueril e explicação aparente de certos problemas psicológicos — aos quais repugna minha mente dar outras soluções senão as perfeitamente naturais, científicas, racionais. Mas, de novo, o próprio diabo não falaria de outro modo; ele está exultante; sabe que em nenhum lugar ele se esconde tão bem como atrás dessas explicações racionais, que o relegam ao rol das hipóteses gratuitas. Satã ou a hipótese gratuita; isso deve ser seu pseudônimo preferido. Pois bem, apesar de tudo o que digo a respeito, apesar de tudo o que penso e que não lhe digo, uma coisa é certa: a partir do instante em que admito sua existência, — e isso me acontece apesar de tudo, ainda que fosse por um instante, às vezes — desde esse instante, parece-me que tudo fica claro, que compreendo tudo; parece-me que, de repente, descubro a explicação de minha vida, de todo o inexplicável, de todo o incompreensível, de toda a sombra de minha vida. Gostaria de escrever um dia uma... oh!, não sei como dizer — isso se apresenta à minha mente sob uma forma de diálogo, mas haveria algo mais... enfim, isso talvez se chamasse: "Conversa com o diabo" — e você sabe como começaria? Encontrei a primeira frase; a primeira a pôr em sua boca, entenda; mas para encontrar essa frase é preciso já conhecê-lo muito bem... eu o faria dizer de início: — *Por que me temerias? Sabes bem que eu não existo.* Sim, creio que é isso. Isso resume tudo: é dessa crença na não existência do diabo que... Mas fale um pouco: preciso que me interrompam.

— Não sei o que lhe dizer. Você está me falando de coisas nas quais percebo nunca ter pensado. Mas não posso esquecer que muitas mentes, que considero como grandes, acreditam na existência do diabo, em seu papel — e até atribuindo-lhe a melhor parte. Você sabe o que dizia Goethe? Que o poder de um homem e sua força de predestinação eram reconhecíveis por aquilo que carregassem em si de demoníaco.

— Sim, já mc falaram dessa frase; você deveria reencontrá-la para mim.

— (Teoria: que, assim como o Reino de Deus, o Inferno está dentro de nós):

— E sinto em mim, certos dias, tamanha invasão do mal que me parece que o príncipe mau já está tratando de um estabelecimento do Inferno.

Obras de André Gide na Estação Liberdade

Os moedeiros falsos

Diário dos Moedeiros falsos

Os porões do Vaticano

O pombo-torcaz